Les chasseurs de trésors

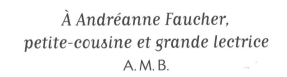

Catalogage avant publication de
Bibliothèque et Archives nationales du Québec
et Bibliothèque et Archives Canada

Bergeron, Alain M., 1957-
Les chasseurs de trésors
(Collection Histoires de rire)
Pour enfants.

ISBN 978-2-923813-04-2

I. Cossette, Julie. II. Titre.
III. Collection : Collection Histoires de rire.

PS8553.E674C522 2011   jC843'.54   C2011-941266-7
PS9553.E674C522 2011

Direction littéraire : Emmanuelle Rousseau
Direction artistique et graphisme : Primeau Barey
Correction : Sophie Sainte-Marie
Révision d'épreuves : Monique Trudel
Dépôt légal : 3e trimestre 2011
Bibliothèque et Archives nationales du Québec
Bibliothèque et Archives Canada

Fonfon
22, rue Louis-Babin
Saint-Jean-sur-Richelieu (Québec) J2W 2T4
Téléphone : 514 604-8690
Télécopieur : 450 741-1459
Courriel : info@editionsaf.com
www.editionsaf.com

IMPRIMÉ AU QUÉBEC
SUR PAPIER CERTIFIÉ FSC DE SOURCES MIXTES

Les chasseurs de trésors

Texte : Alain M. Bergeron
Illustrations : Julie Cossette

Tôt le matin, Jade et Samuel marchent
dans le petit sentier qui les mène à la forêt.
Les enfants partent à la découverte de
fabuleux trésors.

Soudain, Jade s'arrête.
Elle se penche et trouve à ses pieds
un premier trésor.
– Est-ce que c'est un bout de ficelle ?
demande-t-elle à Samuel.
– Non, répond-il. C'est sûrement
un cheveu de géant !

Les deux s'exclament : – Wow !

– Tu vois, ajoute Samuel, le géant est
aussi grand qu'un arbre. Ses bras sont larges
comme des troncs. Mais il vieillit.
C'est l'automne pour lui :
ses cheveux ont jauni.

Plus loin, Samuel observe le sentier
et voit un deuxième trésor.
— Est-ce que c'est le bout d'un cintre ? demande-t-il à Jade.
— Non, répond-elle en saisissant l'objet.
Ça appartient sûrement au Capitaine Crochet !

Les deux s'exclament :
— Wow !

— Je crois que le Capitaine Crochet
s'est perdu dans les environs, explique Jade.
Quelque part, ici, il y a une entrée
secrète pour le pays imaginaire.
Moi, je serai Wendy.
— Et moi, Peter Pan! déclare Samuel,
les poings sur les hanches.

Au bout de quelques pas, Jade montre un nouvel
objet à Samuel. Il s'agit du troisième trésor.
— Est-ce que c'est un os de poulet ? demande-t-elle à Samuel.
— Non, pas de poulet, répond-il.
C'est l'os du petit orteil d'un terrible dinosaure !
Les deux s'exclament :
— Wow !

– Regarde, l'os est brisé, observe Samuel.
Il y a très longtemps, un beau matin, le dinosaure
s'est cogné le petit orteil sur le coin de son lit.
– Ouille ! Ouille ! Ça, ça fait mal ! grimace Jade.

Un battement de paupières plus tard,
Samuel remarque la présence d'un quatrième
trésor, enfoui dans l'herbe longue.
—Est-ce que c'est la coquille vide d'un escargot ?
demande-t-il à Jade.
—Non, répond-elle.
C'est la maison abandonnée d'une fée !
Les deux s'exclament : —Wow!

—La fée a quitté sa maison après l'avoir nettoyée
de fond en comble, raconte Jade.
Tout le monde sait à quel point les fées
veulent que leur maison soit propre.
—Alors maman est une fée ?
s'étonne Samuel.
—Oui, on pourrait dire ça, conclut Jade.

Aussitôt après, Jade, avec ses yeux de lynx,
repère le cinquième trésor dissimulé dans un buisson.
— Est-ce que c'est un morceau de tapis d'entrée ?
demande-t-elle à Samuel.
— Non, répond-il. C'est ce qui reste du tapis volant d'Aladin !

Les deux s'exclament : **-Wow !**

— Aladin avait froid sur son tapis volant,
dit Samuel. Il a tricoté un chandail,
une maille à l'envers, une maille à l'endroit.
Ça, c'est tout ce qui reste de son tapis...

Le soleil est haut dans le ciel lorsque Samuel
aperçoit le sixième trésor, appuyé sur une clôture.
– Est-ce que c'est un bout de branche morte ?
demande-t-il à Jade.
– Non, répond-elle. C'est la baguette
d'un puissant magicien.

Les deux s'exclament :

Wow !

– Le magicien a lutté contre les forces du Mal,
révèle Jade. La bataille a été rude, mais il l'a gagnée
lorsqu'il a terrassé le terrible dragon volant.
Puis le magicien est retourné dans son monde,
laissant sa baguette magique derrière lui.

À la dernière seconde, Jade évite de piétiner
le septième trésor.
– Est-ce que c'est le cadran d'une montre brisée ?
demande-t-elle à Samuel.
– Non, répond-il. C'est le cadran d'un vaisseau spatial
qui a dû atterrir d'urgence près d'ici !

Les deux s'exclament :

– **Wow !**

– Le vaisseau spatial a eu une panne d'essence,
croit Samuel. Ou bien le pilote s'est endormi en volant...
Pire : il a voulu éviter un dragon et
il a perdu le contrôle de sa machine...

Après une courte pause pour une collation,
les petits chercheurs reprennent la route.
Le huitième trésor n'échappe pas à l'attention de Samuel.
Il est caché sous un monticule de roches.
– Est-ce que c'est une bille blanche ? demande-t-il à Jade.
– Non, répond-elle. C'est la perle d'un collier
appartenant à une magnifique princesse !

Les deux s'exclament :  – Wow !

– La princesse voulait épouser un prince,
dit Jade, mais une méchante sorcière a transformé
ce dernier en grenouille. La princesse a retrouvé
la grenouille et elle l'a embrassée. Alors, elle s'est elle aussi
changée en grenouille et elle a perdu son collier.
Elle doit être dans le marais à coasser avec son prince.
– Oui, lance Samuel. Je l'entends :

Wrebbitt !   Wrebbitt !

Les rayons du soleil se fraient
un passage entre les nuages.
Ils frappent un objet à la gauche de Jade.
Ce reflet sur le neuvième trésor alerte la fillette.
– Est-ce que ce sont des lunettes d'enfant ?
demande-t-elle à Samuel,
après les avoir récupérées.
– Non, répond-il.
Ce sont des lunettes d'agent secret.
Les deux s'exclament :

– Wow !

— L'agent secret a été parachuté jusqu'ici,
murmure Samuel tout en regardant autour de lui.
Il avait pour mission de retrouver la princesse disparue.
Comme c'était l'hiver, il a construit un igloo.
Le verre manquant lui a permis d'allumer un feu de secours !
Il a fait chauffer sa soupe.

L'alarme à la montre de
Jade indique qu'il faut rentrer pour le repas.
Chemin faisant, Samuel a la chance de découvrir
un dixième trésor. Il le distingue au sol,
malgré l'épais tapis de trèfles à trois feuilles.
— Est-ce que c'est une simple plaque de
plastique rouge ? demande-t-il à Jade.
— Non, répond-elle.
C'est une écaille de dragon volant !

Les deux s'exclament :

-Wow !

— Le dragon a heurté Aladin dans les nuages,
rapporte Jade. À moins qu'il n'ait frappé
un vaisseau spatial en panne d'essence.
Ou un agent secret en parachute. Peu importe,
dans l'accident, le dragon a perdu une écaille.

Samuel se met à compter le nombre de trésors
qu'il a découverts jusqu'ici : 1 - 2 - 3 - 4 - 5 .
Jade l'imite : 1 - 2 - 3 - 4 - 5 .
— Et 5 plus 5 font un total de... 10 trésors ! dit Samuel.
— Onze, corrige Jade qui se relève
avec un nouveau trésor en main.
Regarde ! Est-ce que c'est un bouchon de bouteille ?
— Non, répond Samuel. C'est la couronne d'un petit roi.

Les deux s'exclament :

Wow !

— Le petit roi règne sur un peuple pas plus grand que lui,
commence Samuel. Les petits habitants ne sont pas
plus hauts que trois pommes. Ils habitent dans les arbres.
Ils sont comme des caméléons. Ils se cachent
sans crainte d'être repérés. Si ça se trouve,
ils sont en train de nous surveiller.

3

2   4

2   3

4

1   5

5   1

Les chasseurs de trésors ont bien travaillé !
Leur quête les a menés à toutes ces
découvertes en très peu de temps.
Jade et Samuel retournent à la maison, fiers d'eux.
Ils prennent garde de ne pas perdre
leurs trésors en chemin, lorsque soudain...

Un tas de branches, un peu en retrait de leur route,
révèle une nouvelle surprise.

— Est-ce que c'est une marmite de sorcière ?
demande Jade à Samuel. Elle l'a peut-être utilisée
pour fabriquer la potion qui a transformé le prince en grenouille ?

— Mieux que ça, répond-il. C'est un vieux chaudron
dans lequel on pourra mettre tous nos trésors !

Les deux s'exclament :

– Wow !

Il existe une multitude de façons de partir à la chasse au trésor. En voici quelques-unes, à faire en famille ou à préparer pour tes amis !

Prends des photos en très gros plan de différents objets qui font partie de ton quotidien (à l'intérieur ou à l'extérieur de la maison). Demande à un adulte de les faire imprimer. Remets les photographies à ton frère, à ta sœur ou à un de tes amis, puis invite cette personne à trouver tous les objets que tu as sélectionnés.

Déguise-toi en pirate, cache un précieux trésor et trace une carte qui mènera les chasseurs vers différentes destinations avant qu'ils trouvent l'objet que tu as caché. Tu peux aussi déposer un petit trésor à chaque endroit avant de guider les chercheurs vers le plus gros butin !

Avant de commencer ta chasse au trésor, raconte une histoire à tes amis. Par exemple, explique que le trésor appartient à un vieil homme qui habitait ta maison il y a très longtemps...

Organise une chasse au trésor avec tes copains du voisinage. Les différentes étapes peuvent être plus éloignées, alors déplacez-vous en vélo !

Pour compliquer la recherche et faire travailler les neurones de tes copains, transforme les simples indices en composant des devinettes et des charades.

À chaque étape, cache les indications de la prochaine piste à suivre. Les chasseurs se rendront plus lentement au trésor.

Glisse tes indices dans une vieille enveloppe jaunie, une bouteille, une petite boîte brillante, etc.

À chaque étape de la chasse, tes amis doivent réussir une épreuve pour obtenir le prochain indice. Par exemple, ils doivent raconter une blague, sauter à la corde, répondre à une question...

Trouve plusieurs autres activités à :
www.editionsaf.com
Trousses pédagogiques aussi offertes à :
www.editionsaf.com